HARRAP'S MYSTERIES

SCARY ENQUÊTE À LONDRES

Paul Thiès

Direction de la publication
Carine Girac-Marinier
Direction éditoriale
Claude Nimmo
Direction éditoriale adjointe
Julie Pelpel-Moulian
Édition
Marie Gabiache
Direction artistique
Uli Meindl
Mise en pages
Marie-Noëlle Tilliette
Informatique éditoriale
Dalila Abdelkader, Philippe Cazabet, Sharareh Maljaei
Lecture-correction
La Machine à Mots
Illustrations
Pascal Phan
Fabrication
Rebecca Dubois

Crédits Fotolia : © Riko Best

21 rue du Montparnasse
75283 Paris Cedex 06

ISBN : 978-2-81-870715-9

Let's start reading English!

Grâce à ce roman qui mélange français et anglais, s'initier à la langue de Shakespeare est un jeu d'enfant !

Un lexique à la fin, regroupant les expressions et les mots les plus courants de la langue anglaise, vous permettra de mémoriser le vocabulaire essentiel et de mieux comprendre les enquêtes de nos jeunes héros.

L'Éditeur

Sur l'Auteur

Né en 1958, Paul Thiès a grandi aux quatre coins du monde, avant de s'installer à Paris. Aujourd'hui, il se consacre à l'écriture de romans pour la jeunesse.

ATTAQUE À CLOUD SQUARE

Si vous connaissez Londres, vous savez que, dans les quartiers riches, comme à Belgravia, dans l'ouest de la ville, il existe des places privées. Les Anglais appellent ça des « *squares* ». Ces places, carrées ou rectangulaires (d'où leur nom, *square*), sont bourrées d'arbres merveilleux et de fleurs fantastiques. Il y a aussi du gazon, des papillons qui prennent le thé, des coccinelles qui jouent au golf, des écureuils qui sirotent leur whisky entre deux tartes à la noisette. S'il ne pleut pas !

Bref, autant d'endroits « *very British* »... Malheureusement, de hautes grilles interdisent ces lieux aux gens ordinaires. Les riverains de ces belles maisons aux façades de brique ou de marbre conservent jalousement les clefs du square. Ils s'isolent là, au cœur de la ville...

Ce matin-là, je rêvais seul sous les vieux chênes de *Cloud Square*.

Je rêvais… à mes amours ! Car moi, Jordan Lefèvre, yeux bruns et regard vif, l'allure cool et la langue bien pendue, je suis un vrai « *French lover* ». Aucune fille ne résiste à mes yeux noisette (et je ne vous parle pas des écureuils !), ni à Paris, où j'habite en temps ordinaire, ni à Londres où je passe mes vacances d'été. Pour le dire en anglais : *I am a heartbreaker*! *Look at me and fall in love*…

Eh oui, elles me regardent et meurent d'amour. Sauf que…

Celui qui me regarde, pour l'instant, ne me semble guère amical. Je me croyais seul dans le square, mais un ado de mon âge me lorgne d'un sale œil. Il est mince, blond, les yeux bleus, les mains solides. Il ressemble à un prince charmant, ce qui me déplaît immédiatement.

By the way, comment dit-on « jaloux » en anglais ? *Jealous*.

Je lance au type un regard empoisonné. *World War III is coming!* La Troisième Guerre mondiale se rapproche !

Le jeune inconnu hausse les épaules. Je l'examine avec plus d'attention. Il porte un bleu de travail fatigué, un râteau dans une main, un arrosoir dans l'autre. Il a un sécateur pris dans sa ceinture, de gros souliers boueux. Une musette remplie d'outils bat contre son flanc.

Compris : c'est un jardinier. Il arrose les fleurs, s'occupe des chênes et des saules. Seulement… il ne quitte pas des yeux la façade de MA maison, celle où s'ouvre la fenêtre de Diane. Et Diane, c'est ma copine. Je vous en reparlerai plus tard mais pour le moment :

Remember! I am jealous.

Je m'approche du type et grogne dans mon meilleur anglais :

– *Hey! What are you doing?*

– *None of your business*, réplique le prince pas charmant.

Comment ça, pas mon affaire ? Il se prend pour qui, celui-là ? Je réplique hargneusement :

– *It is my business! You are looking at my house.*

– *So, you are a poor little rich kid*, ricane le type. *Go home to your mum and dad!*

Vous avez compris ? Cet ahuri me traite de fils à papa ? Il veut me renvoyer chez ma mère ? Et puis quoi encore ? Je vais en faire de la chair à saucisses, moi !

Sauf qu'il ne m'en laisse pas le temps. Il lève le bras, serre le poing et me frappe en plein sur le nez. Je vois trente-six chandelles et m'effondre par terre, le derrière dans un massif de tulipes. Il en profite pour me vider l'arrosoir sur la tête !

LE CLUB DES W

Je pousse le rugissement du lion dans la savane, mais trop tard. Le type tourne les talons, file vers la grille du square, ouvre la porte avec sa propre clef et disparaît.

C'est fou comme on peut se tromper. Il y a cinq minutes *(five minutes ago)* j'étais de bonne humeur et sûr de moi, sympa, intelligent, plutôt beau gosse, certain que toutes les filles de Londres rêvaient de moi du matin au soir et du soir au matin. Et là, *five minutes later*, je ne suis plus qu'un raté, un déchet, une loque humaine, une épave avec du sang sur le nez…

Mais, avant de continuer, je me présente pour de bon. *Allow me to introduce myself*, comme disent les *British*...

Je m'appelle donc Jordan Lefèvre et j'effectue un stage de journalisme chez un certain Mister Liverpool, un grand monsieur distingué. Il possède des tas de journaux et croule sous les millions. Le seul autre type aussi riche que je connaisse, c'est Monsieur Castel, le patron de mon père. Il dirige également des journaux, en France.

En fait, je ne suis absolument pas un *poor little rich kid*, un gamin pourri gâté. Mon père est le kinésithérapeute particulier de Monsieur Castel, qui me connaît un peu. Il est plutôt chic avec moi et il m'a trouvé ce stage à Londres pour améliorer mon anglais, en compagnie de Diane, sa fille. Précisons qu'en anglais, j'étais du genre catastrophe à pattes.

But I can't concentrate, je m'égare, je fais erreur.

Il faut m'excuser si je flanque de l'anglais un peu partout, c'est pour m'entraîner, ça fait plaisir à mes parents. Et quand mes parents sont contents, l'argent de poche augmente ! *You see?*

Soudain, Diane et Maud surgissent devant moi, remarquent le sang sur mon visage et ouvrent des yeux ronds.

Je vous les présente : Diane la Française, la blonde aux yeux verts, Maud l'Anglaise, la rouquine aux yeux bleus. Les filles de Castel et de Liverpool. Elles suivent le même stage que moi et nous avons fondé le club des W.

J'explique ! Les Anglais et les Américains qui inventèrent jadis le journalisme résumaient ainsi leur métier : *Who, What, Where, When, Why?* Autrement dit : Qui, Quoi, Où, Quand, Pourquoi ? L'histoire des « W » à répétition, ça s'appelle une allitération, d'après mon prof d'anglais, un peu comme dans Lucky Luke et Jolly Jumper, ou Peter Parker, Clark Kent et Lex Luthor, si vous vous y connaissez en super-héros.

Au début de l'été Maud, Diane et moi avons commencé notre stage de journalisme. Seulement, notre reportage s'est transformé en enquête policière avec trésor caché, tentative de meurtre et course-poursuite à travers Londres. Une fois remis de nos émotions, nous avons donc décidé de devenir les meilleurs journalistes juniors du monde, et fondé le club des W. J'ai même imaginé un serment, en anglais, pour que ce soit plus impressionnant :

« *I swear to help my friends as much as I can, from dawn to dusk, in summer and in winter, in Paris or in London, at school or during the holidays...* »

Je jure d'aider mes amis, le mieux possible, de l'aube à la nuit, de l'été à l'hiver, au collège ou en vacances... Pas mal, non ? Dire que mes parents me prennent pour un farceur !

Je me tâte le nez en grimaçant. Ça fait encore mal mais, au fond, cet incident m'intéresse. Qui est ce garçon jardinier ? Pourquoi fixait-il les fenêtres des Liverpool avec autant d'insistance ? Et pourquoi m'agresser ?

Cela mérite une enquête ! Parce que pour le moment, le club des W ne s'occupe guère que des papillons du square ou des kidnappings de noisettes. J'envoie de temps en temps des SMS à mes parents, toujours en anglais, pour leur prouver mes progrès.

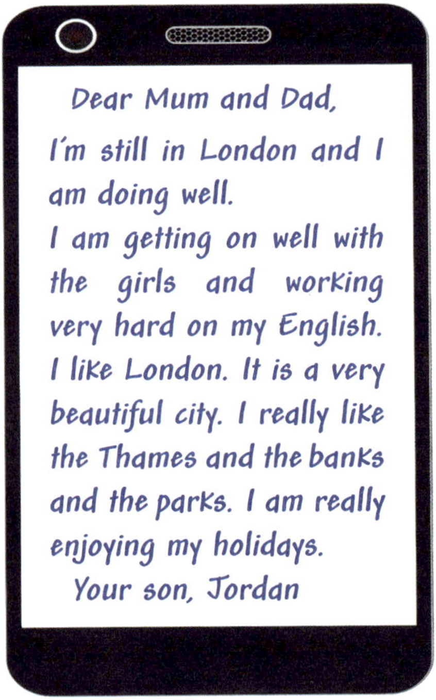

Ouf ! J'ai réussi à écrire douze lignes d'un coup. Mais il y a des répétitions. C'est *very very* dur d'aligner des paragraphes en *British* ! Et franchement, parler aux parents de mes progrès en anglais et des beautés de Londres, de ses berges et de ses parcs, ce n'est pas l'article du siècle. Tandis que retrouver l'inconnu, lui poser quelques questions avant de lui rendre son coup de poing sur le nez, ça m'intéresserait. Ce jardinier, c'est un mélange de Lex Luthor, d'Anakin Skywalker et de Joe Dalton. J'adorerais le coincer !

JE FAIS LES GROS TITRES

Les filles m'entourent et s'inquiètent pour moi. J'adore ça !

– *Poor Jordan. You're bleeding!* s'alarme Diane.

– *What happened?* enchaîne Maud. *Were you in a fight?*

Je bredouille d'une voix mal assurée, en mélangeant les langues.

– Hcu… *yes*, je me suis fighté. Enfin, battu, ça explique le sang sur mon visage. *With a stranger.* Un type que je ne connais pas. Il m'a frappé. Heu… *He hit me!*

– La sale brute ! s'indigne Diane. *What a bully!*

Je lui souris et continue :

– *He's a gardener, I think. Well, I'm not sure but he looks like one.*

– *A gardener?* Un… heu… un jardinier ? s'étonne Maud. *But why did he hit you?*

Je lève les yeux au ciel. Si seulement je le savais ! Mais…

Je dévisage Maud avec curiosité. Elle semble assez mal à l'aise. Pire, elle rougit brusquement, comme une tomate. Elle semble drôlement nerveuse. Bizarre…

Elle bredouille sans conviction :

– *You know, the gardeners in Cloud Square are generally nice people. They don't make trouble. This is a very safe area.*

D'accord, d'accord, *Cloud Square* est un endroit tranquille... Je me lève, m'étire, fais quelques pas et pousse brusquement un cri de douleur. Je me suis tordu la cheville en marchant sur… sur…

Je ramasse un objet métallique tombé dans l'herbe. Je fronce les sourcils en l'examinant. Il s'agit d'un pied-de-biche, un instrument que les bandits utilisent pour fracturer les portes ou les fenêtres. Je le sais parce que mon père s'y connaît en outils, il en a toute une collection dans notre garage, en France. C'est son dada, avec les vieux disques.

Je réfléchis en fronçant les sourcils. Mon agresseur a probablement perdu ce pied-de-biche. À quoi voulait-il l'utiliser ? Pour s'introduire chez les Liverpool et massacrer tout le monde ?

Ça ferait un bon article ! J'imagine déjà des unes énormes en première page des journaux ou les titres clignotant sur Internet :

LE MEURTRIER AU SÉCATEUR FRAPPE ENCORE.

LE CANNIBALE À L'ARROSOIR MENACE LA VILLE.

LE HÉROS FRANÇAIS SAUVE LA SITUATION !

Pas mal, non ? *Crazy!*

Je rigole sous cape en observant Maud du coin de l'œil. Hum… Franchement, elle n'a pas l'air d'avoir la conscience tranquille. D'ailleurs, elle annonce d'un ton faussement dégagé :

– *Well, I'm hungry. If you'll excuse me, I'm going home.*

Elle nous adresse un sourire embarrassé et s'éclipse rapidement. Dès que nous sommes seuls, j'explose :

– Elle a faim ? Tu parles ! Je suis sûr qu'elle nous cache quelque chose !

Diane lève les yeux au ciel et réplique :

– Toi, tu dramatises toujours.

Je m'écrie avec indignation :

– Moi ? Je dramatise ? Alors que ce **serial killer** a failli me fracasser le crâne, me noyer, me découper en tranches très fines avec son sécateur pour me servir en salade aux écureuils !

Diane rigole à son tour. Je hausse les épaules, lui montre le pied-de-biche et insiste plus sérieusement :

– Ce truc-là, je ne l'ai pas inventé, non ? Le type l'a apporté dans le square. Je suis certain qu'il comptait s'en servir. Et en plus, Maud le connaît, j'en mettrais ma main au feu !

Diane ne répond pas. Elle s'empare du pied-de-biche et hoche la tête d'un air préoccupé.

THE MIDNIGHT CRIME

En parlant de gros titres, j'aurais pu insister :

WAVE OF CRIME HITS LONDON!

INCREASING DANGER!

LIFE OF JORDAN LEFÈVRE AT STAKE!

En France (parce que, plus tard, mes articles seront publiés PARTOUT !) cela donnerait :

UNE VAGUE DE CRIMES APPROCHE !

LE DANGER GRANDIT !

LA VIE DE J.L. (c'est moi !) EN JEU !

Seulement, j'ai des choses plus importantes à vous apprendre : cette nuit, oui, cette nuit même, *this very night*, comme dirait Maud, le Cannibale à l'Arrosoir a vraiment frappé !

Au début, bien sûr, Diane refusait de me croire quand j'accusais Maud. Elles se connaissent depuis longtemps, leurs pères sont amis. Je sais qu'elles se chuchotent des tas de trucs pas honnêtes (sur moi !) quand je ne suis pas là…

Dans ma chambre, ce soir-là, après le dîner, j'ouvre ma fenêtre pour contempler les arbres de *Cloud Square*. Il fait doux, le vent chantonne entre les feuilles. Ça me rappelle une chanson de Bob Dylan, que mon père se repasse toutes les cinq minutes.

Je réfléchis, examinant les arbres du square puis les meubles de ma chambre. En bas, dans les salons, les Liverpool collectionnent les tableaux, les meubles anciens, les tapis d'Orient. Ma chambre, en revanche, est meublée en ultramoderne, du super cher alors que chez nous, en France, c'est moins glorieux. Mes parents ne gagnent pas des fortunes.

Du coup, je pense à l'argent. Je sifflote entre mes dents une vieille chanson d'ABBA :

« *Money, money, money,*
Must be funny
In a rich man's world... »

Elle a raison, cette chanson. C'est toujours curieux de vivre chez les riches. Je m'en rends bien compte depuis que j'habite chez Maud.

Pendant ces vacances, je vis dans la peau d'un riche...

Soudain, je sursaute : une ombre mince, agile, furtive, traverse le square et se faufile vers la porte privée des Liverpool. Le *serial killer* ! Le Cannibale ! Il a une clef ! Il va s'introduire dans la maison.

Pas question de le laisser faire ! Les Liverpool m'ont drôlement bien accueilli, je dois les aider. Et puis, je meurs de curiosité…

Je quitte ma chambre, descends l'escalier en quatrième vitesse (mais en silence !) et fonce vers le grand salon. Personne n'a rien entendu. Les Liverpool, les domestiques, Maud et Diane ronflent comme des bienheureux.

Je pousse doucement la porte. *Slowly, very slowly... Be careful, Jordan, very careful...*

Je souris intérieurement : c'est la première fois que je PENSE en anglais. *I'm improving!*

Seulement, le Cannibale est là ! Il gronde à mi-voix :

– *You again? What are you doing here?*

Je lui rappelle en chuchotant aussi :

– *I live here, remember? I told you this afternoon in the square.*

Il hausse les épaules et marmonne :

– *I don't want to fight with a little French frog. Go back to bed, poor little rich kid.*

Il serre le poing et répète :

– *Go back to bed, you idiot. Now. Quickly.*

Quoi ? Comment ? Il me renvoie au lit comme s'il était mon grand-père ? En me traitant de grenouille ? De petite grenouille ! Je vais en faire une omelette, moi, de ce rosbif !

C'est le moment que choisit Maud pour surgir derrière moi. Elle hésite, pâlit et murmure :

– *Jason? I was so scared for you. What's going on?*

Jason ? Elle avait peur pour lui ? Ça alors ! Ils se connaissent donc vraiment ! Ils avaient rendez-vous !

ALERTE AUX NETSUKES

Je passe une assez mauvaise nuit. En fait, je ne ferme pratiquement pas l'œil. Maud m'a, à son tour, renvoyé dans ma chambre en mélangeant pitoyablement le français et l'anglais :

– *Go away, Jordan, please.* Je… je t'en supplie. *Jason is my friend. Do you understand?*

Bien sûr, je comprends. Enfin, non, je n'y comprends pas grand-chose, sauf que…

Ces deux-là sont amoureux. Oui, c'est ça ! Ils me jouent Roméo et Juliette ! En VO, style :

« *You are my sun, my moon, my stars, my downfall, my life!* »

Une fois dans mon lit, je réfléchis à toute vapeur. Amours clandestines, rencontres au clair de lune, cœurs déchirés, destins contrariés… Un vrai film ! Seulement, je me méfie. J'ai un mauvais pressentiment...

J'avais raison ! Le lendemain matin, Diane rentre en trombe dans ma chambre et s'exclame :

– Jordan ! Que s'est-il passé cette nuit ?

– De quoi parles-tu ?

– Des netsukes ont disparu de la vitrine du salon, s'écrie Diane d'une voix catastrophée. Ils valaient une fortune !

Je marmonne en me frottant les yeux :

– Des… des netsukes ? C'est de l'anglais ? Ça veut dire quoi ?

– Pas de l'anglais, idiot ! réplique Diane en s'effondrant dans un fauteuil. C'est un mot japonais !

Alors là, non ! Pas question ! J'ai déjà assez de mal à me débrouiller en anglais, mais si je dois EN PLUS apprendre le japonais, je démissionne ! Et si Diane n'est pas contente, elle n'a qu'à aller se faire cuire un Fujiyama, non mais sans blague !

– C'est très grave, Jordan, tu as de gros ennuis, insiste-t-elle nerveusement.

Elle répète même machinalement en anglais pour que je comprenne bien :

– ***You are in trouble!***

– Je ne sais même pas ce que c'est, un ne… na… no…

– Un netsuke, réplique-t-elle avec impatience. Ce sont de minuscules objets en ivoire. Les anciens Japonais les utilisaient en guise de boucles, pour attacher des trucs à leur ceinture. Ils représentent des animaux, des masques, des dieux. Ils valent des fortunes !

Aïe !

– Monsieur Liverpool les collectionne. Il les gardait dans une vitrine qu'on a fracturée.

Aïe aïe… Le pied-de-biche !

– Ils appartenaient à un certain Taro du Renard, un poète japonais du XVIe siècle, ils sont irremplaçables. Et comme personne n'est entré cette nuit…

Et voilà ! C'est moi qu'on accuse alors que je suis incapable de distinguer un manga d'un ninja ou un banzaï d'un bonsaï. C'est scandaleux !

JORDAN VERSUS SCOTLAND YARD

L'accusation de Diane me secoue drôlement. Je suis innocent ! Le coupable, c'est forcément Jason. Et Maud me laisse accuser ? Je la croyais mon amie, et je pensais que Monsieur Liverpool m'aimait bien. Je marmonne entre mes dents :

– Ils me soupçonnent parce que je suis seulement le fils du kiné.

– Ne dis pas ça ! proteste Diane d'un air gêné.

– Ah non ? Et toi, tu me crois coupable ?

Elle s'empourpre et réplique avec ardeur :

– Tu sais bien que non !

Ça me fait drôlement plaisir ! Mais j'hésite. Ce serait moche de trahir Maud et le jeune jardinier, même pour me justifier.

– À quoi penses-tu ? me demande Diane, qui m'observe attentivement.

– Heu... Je dois parler à Maud le plus vite possible.

– Hum... De toute façon, tu dois descendre. Monsieur Liverpool veut te voir avant d'appeler la police.

– Vas-y toi, et gagne du temps. Et envoie-moi Maud !

Diane soupire et quitte la pièce. Je me prépare à affronter Maud en fourbissant mes plus belles phrases d'anglais. Je récapitule même à mi-voix :

– *A thief*, un voleur... *To steal*, voler... *To run*, courir. *To fly*, voler, mais comme un oiseau. Oiseau, *bird*...

Dès que Maud pénètre dans ma chambre, je devine qu'elle a un gros problème. Elle admet aussitôt :

– *I'm in trouble, Jordan.*

– Et comment ! Je vais te dénoncer, moi ! Tu comprends ? *I'll give you away!*

– *You can't do that!* proteste-t-elle.

– *Why not?*

– *It's Jason, the gardener. He's my friend.*

– Je m'en fiche ! Hum… *I don't care!*

– *But we are in love!* clame-t-elle avec des larmes dans la voix.

– Ah oui ? *So, because you two are in love, I must spend the rest of*… heu… *the rest of my life in jail?* En prison ? Et en plus il m'a cassé la figure, ton Jason !

A NEW ROMEO, A NEW JULIET, A SAD STORY

Maud sourit à travers ses larmes. Ma parole ! Elle est fière de son prince charmant à la noix ! Elle m'explique en choisissant ses mots :

– *Listen to me*, Jordan, écoute-moi ! *I can tell you everything, but I need time.* Juste un peu de temps ! *Please, don't tell my father.*

Ne pas dire la vérité à son père ? Et moi, alors ? Je vais me retrouver en prison. Au moins ! Ils risquent de me pendre, ces *British*. De me fusiller, de me couper la tête, de me jeter aux crocodiles. Chacun sait que des kilos de crocos affamés se promènent dans la Tamise à longueur d'année…

– Jordan ! insiste Maud avec des trémolos dans la voix. *Listen to me, it is important! I can explain.*

Je fronce les sourcils :

– Tu peux tout m'expliquer ?

– *Please, don't tell my father, and don't tell the police. You know, Jason and I, we are…*

C'est le moment de placer mon anglais ! Je complète sa phrase :

– *Yes, I know. You are in love! You said so five minutes ago.*

– *Yes!*

– *And, of course, you are rich and he is poor.*

– *Yes! Yes!*

– *So,* vous vous retrouvez la nuit… hum… *you meet secretly at night?*

– *Yes, sometimes.*

– Parfois… C'est une histoire triste. *Sad.* Juste… heu… *just like Romeo and Juliet…*

Maud pousse un soupir gros comme les œuvres complètes de Shakespeare (en huit volumes) et conclut :

– *Yes…* Alors… tu veux bien… *help me* ?

Ben… J'ai vraiment un cœur d'artichaut, mais l'amour des copains, ça me rend romantique.

– OK, je t'aiderai ! *I will help you. But what about your father? Should we lie to him?*

C'est le moment que choisit Diane pour débouler dans la pièce en s'écriant :

– Je lui parlerai, moi, à son père ! Et oui, je lui mentirai s'il le faut ! Ensuite, je vous accompagne chez Jason !

J'interroge Diane du regard :

– Tu étais au courant, pour les amoureux ?

– Oui…

– Jason n'est pas un vrai jardinier ? Il est trop jeune.

– Il aide parfois son oncle, un des jardiniers de *Cloud Square*. Pendant les week-ends, les vacances… Il est orphelin, il vit avec lui.

– Et il m'a cassé la figure parce qu'il est jaloux de Maud…

Je m'adresse directement à Maud :

– *He stole the netsu... netso, the things, didn't he?*

Silence… Je répète en tapant du pied :

– Il les a piqués, ces trucs, oui ou non ?

Maud rougit et avoue :

– *NO. I... I took them, and I gave them to Jason. He's innocent. I am the real thief!*

– Tu les as pris pour lui ? Mais pourquoi ?

Maud en perd ses moyens et m'explique dans un anglais bien trop rapide pour moi :

– *Jason needs the money, he needs it so badly! His uncle is in debt to a mobster who works for a kind of godfather in his neighbourhood. He owes him more than five thousand pounds! It's a matter of life and death! The meeting with the mobster is today, in a few hours, and his uncle doesn't have the money.*

Je suis largué ! Diane me traduit rapidement :

– Son oncle a terriblement besoin d'argent. Il doit plus de cinq mille livres à un genre de parrain mafieux, dans son quartier. C'est une question de vie ou de mort ! Le rendez-vous est pour aujourd'hui, dans quelques heures, et l'oncle n'a pas un sou !

THE HOUSE OF FEAR

Nous n'en menions pas large ! J'en tremble encore...

Nous avons quitté la maison de *Cloud Square* sans nous faire remarquer et pris le métro. Maud connaissait l'adresse de Jason *of course*. Imaginez un quartier lugubre, des rues mornes et désertes, des centaines de maisonnettes de brique, d'un rouge éteint, se ressemblant toutes. Une brume tenace flottait sur les pavillons et les bouts de jardin. Le genre d'endroit où même Dracula fait des cauchemars…

Dans une de ces maisons, un salon étriqué, un vieux divan. Sur ce divan : Maud, Diane et moi. Richard Stone, le propriétaire de la maison, l'oncle de Jason, nous menace de son fusil !

Maud avait soi-disant rendez-vous avec son cher Jason. Elle a sonné et c'est l'oncle qui a ouvert, un homme maigre et osseux, les cheveux d'un blond terne, l'air d'un fou furieux. Il a hurlé :

– *What are you doing here? Well, you are here now. Come in! Sit down! And shut up!*

– Mais… mais…

– *Shut up!*

Et voilà ! Résultat, on est assis là depuis une bonne demi-heure, et on ne *speak* pas, mais alors pas du tout. Pas un mot ! Nous sommes morts de trouille !

Un tas de bouteilles vides traîne par terre, au fond du salon. Richard Stone a trop bu. Son regard est vitreux, ses mains tremblent. Il ne nous questionne même plus. Il attend, il attend...

J'envoie mentalement un message urgent à Sherlock Holmes pour implorer son aide.

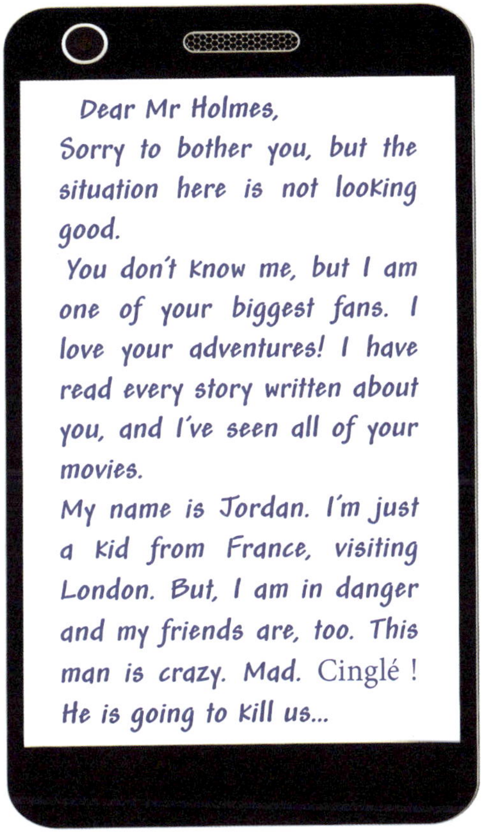

La peur me rend intelligent. *Smart. Cute.* J'espère vivre assez longtemps pour en profiter. J'ajoute une dernière phrase :

« *By the way, can you hurry up, Mr Holmes? We don't have much time...* »

Oui, le temps presse ! J'échange un autre regard avec Diane. Elle pense comme moi : Stone nous tuera sans pitié dès qu'il en trouvera le courage.

Je meurs de peur, pour Diane ! Je l'aime. Qu'est-ce qu'on va devenir ?

Nous ne sommes pas morts, bien sûr, sinon je ne vous raconterais pas mon histoire. Il est arrivé et nous a sauvés.

Qui ça, il ? Sherlock Holmes ? Superman ? Lucky Luke et Jolly Jumper ?

Si seulement ! Le héros, le sauveur, le chevalier invincible, c'est l'Horrible, le Cannibale, le *serial killer*, le jardinier fou. Bref, Jason ! Il surgit derrière son oncle, sur la pointe des pieds, une des bouteilles vides à la main. Stone, toujours ivre, ne l'entend pas.

Encore trois pas… deux… un… Jason hésite. Il se fige, bouteille au poing. Je pense le plus fort possible, pour qu'il « m'entende » :

« Vas-y ! Vas-y, maintenant ! Frappe-le sur le crâne, maintenant ! »

Je répète même en anglais pour qu'il me comprenne :

« *Go on! Go on, now! Hit him on the head, NOW!* »

BOUM !

La bouteille frappe Richard Stone à la base de la nuque. Il lâche son fusil et s'effondre lentement, d'abord à genoux, puis sur le flanc. Il ne bouge plus. Maud se baisse vivement, ramasse l'arme et la balance maladroitement au bout de son bras.

– *He's dead! I... I have killed him...* bredouille Jason, pâle comme un linge.

Diane s'agenouille près de l'oncle, saisit son poignet, tâte son pouls et annonce :

– Il va bien. Enfin, plus ou moins…

Et à Jason :

– *Don't worry, he is alive. He will be fine.* Il reprendra vite connaissance. Filons d'ici !

Je frissonne. Drôles de vacances ! C'est la deuxième fois en un mois que je me retrouve en danger de mort.

J'interviens d'une voix mal assurée :

– J'ai toujours besoin de prouver mon innocence. Où sont les netsi… les netso…

– Les netsukes ! clame Diane en levant les yeux au ciel.

Elle ajoute après une seconde de réflexion :

– Mais Jordan a raison...

J'adore quand elle dit ça !

– Il faut les rendre à ton père, Maud.

Je contourne Stone étalé sur le tapis et fouille rapidement la pièce : je trouve des mouchoirs dans les tiroirs, des foulards dans les armoires, mais pas de netsukes.

Jason m'observe d'un air hagard. Il finit par se reprendre. Il passe dans la cuisine, juste à côté. Il en revient avec les netsukes au creux de la main. Ils étaient cachés dans le sucrier !

Jason me les montre : un hibou minuscule, un faon délicat, un cheval au galop, un dieu souriant avec un gros ventre, tous en ivoire, doux et lisses, légers et brillants.

– Il faut filer ! répète Diane, avant qu'il se réveille, ou que l'autre arrive, le **godfather**, le **big boss**, celui à qui il voulait donner les netsukes.

– **Look!** s'écrie soudain Maud d'une voix blanche. **Look out the window.**

Je regarde par la fenêtre. Deux voitures se dirigent vers la maison, dans la rue déserte. Je reconnais la première : la Rolls de Monsieur Liverpool, une magnifique voiture grise et bleue, puissante et silencieuse. Un homme en costume, visage mince et cravate rayée est au volant. Je le reconnais aussi : Eddy Denton, le chauffeur des Liverpool.

L'autre voiture, une berline sombre, transporte trois hommes. Je n'ai guère le temps de les examiner ; l'un d'eux se penche à la vitre, un pistolet-mitrailleur à la main. La rafale part et frappe la Rolls. Le pare-brise vole en éclats. La Rolls dévie, grimpe sur le trottoir et s'écrase contre la vitrine du vitrier !

– *Daddy!* hurle Maud en se ruant vers la porte. *Noooo!*

Elle sort en trombe sans se soucier des assassins. Heureusement pour elle, la berline accélère et disparaît au coin de la rue.

La portière de la Rolls s'ouvre avec un grincement épouvantable. Monsieur Liverpool en sort avec difficulté. Il flageole un peu sur ses jambes mais il n'est pas blessé. Par contre, Denton, le chauffeur, affalé sur son siège, le visage en sang, ne bouge plus.

LOVE! LOVE! LOVE!

Le brouillard se dissipe au-dessus des maisons mélancoliques. La rue s'anime, les fenêtres s'éclairent, des curieux nous observent. Une ambulance emporte le chauffeur Denton vers l'hôpital. Il paraît qu'il s'en tirera. Un véhicule de police évacue Stone. D'autres poursuivent la berline des bandits. Ils n'échapperont pas longtemps à la justice.

Maud et Jason se serrent l'un contre l'autre. Monsieur Liverpool ne bronche pas. Maud lui avait laissé un mot avant de partir, c'est comme ça qu'il est arrivé chez Stone.

– *Are you OK?* chuchote Maud à Jason.

– *Yes, but I'm scared*, soupire-t-il. *My uncle is going to jail, but what about me? Will your father send me to prison?*

– *No!*

– *But... I'm alone, now. On my own. The police will send me to an orphanage.*

« *Orphanage* », je comprends. C'est un orphelinat. Jason a peur qu'on l'y envoie maintenant qu'il est seul.

– *They are not!* s'exclame Maud, *I promise you.*

Elle lui promet de l'aider. C'est drôlement émouvant ! J'ai l'impression de me retrouver dans *Oliver Twist*.

Diane saisit ma main et assure :

– Tout ira bien. Les Liverpool s'occuperont de Jason.

Je hausse les épaules et grommelle :

– Ouais… Mais MOI, ils m'expédieront en prison pour deux ou trois siècles.

– Mais non ! Monsieur Liverpool a récupéré les netsukes. Il sait bien que tu es innocent.

– Bof… Il m'accusera sûrement d'avoir piqué la tour de Londres, la tour Eiffel et la tour de Pise en prime !

J'hésite un peu et murmure :

– Remarque… J'aimerais bien t'embrasser au sommet de la tour de Londres. Nous serions tranquilles, là-haut...

Diane rougit. Monsieur Liverpool s'approche de nous. Il me dévisage et me dit gravement :

– *I'm sorry, young man. I apologize. You are a courageous boy and a good friend to my daughter. You can stay with us as long as you'd like.*

Il s'excuse ! Il m'offre de rester chez lui autant que je le voudrais…

– *And, as I said last month*, continue-t-il, *if you want to become a (real) reporter and work for a newspaper, or even for a social network, I'll help you (in the future).*

Il m'aidera à travailler pour un journal, pour un réseau social… Mon rêve !

L'extase ! Encore mieux que *Cloud Square* ! C'est carrément les *clouds*, les nuages, les vrais, en plein ciel !

Le paradis ! Sauf que Diane me souffle en rigolant :

– Fais pas le malin, Jordan, tu n'es pas encore une star à la télé.

Je réplique aussi sec :

– Je ne FAIS pas le malin. Je le SUIS !

Elle rigole encore et j'en profite pour l'embrasser au creux de l'oreille. **Yes!**

Lexique

A

an **adventure**
une aventure

alive
vivant, e

to **allow**
permettre, autoriser

alone
seul, e

always
toujours

to **apologize**
s'excuser

a safe **area**
un endroit tranquille

as **long** as
aussi longtemps que

B

so **badly**
tellement

a **bank**
une rive, une berge

beautiful
beau, belle

because
parce que

to **become**
devenir

a **bird**
un oiseau

to **bleed**
saigner

the big **boss**
le grand chef

to **bother**
déranger

the **British**
les Britanniques

by the way
au fait, à propos

C

to be **careful**
être prudent

a **city**
une ville

Cloud Square
la place Cloud
(*cloud* = nuage)

to **come in**
entrer

to **concentrate**
se concentrer

courageous
courageux, euse

crazy
fou, folle

cute
mignon, mignonne

D

a **dad(dy)**
un papa

in **danger**
en danger

a **daughter**
une fille

from **dawn** to **dusk**
de l'aube au
crépuscule

every **day**
tous les jours

dead
mort, e

dear
cher, chère

to be in **debt** to
être endetté auprès de

the **downfall**
la chute, la ruine

during
pendant

E

even
même

to **excuse**
excuser

to **explain**
expliquer

F

to **fall** in love
tomber amoureux, euse

a **father**
un père

fear
la peur

to **fight with**
se battre avec

to be in a **fight**
se battre

to **fly**
voler (oiseau)

a **friend**
un ami, e

a little **French frog**
une petite grenouille française *(surnom donné aux Français)*

funny
curieux, euse ; drôle

in the **future**
plus tard

G

a **gardener**
un(e) jardinier(ère)

gave
= prétérit de *to give*

generally
généralement

to **get on well with**
bien s'entendre avec

a **girl**
une fille

to **give**
donner

to **give** someone **away**
dénoncer quelqu'un

to **go away**
s'en aller

a **godfather**
un parrain

H

to **happen**
se passer

the **head**
la tête

a **heartbreaker**
un bourreau des cœurs

to **help**
aider

to **hit**
frapper

the **holidays**
les vacances

to go **home**
rentrer chez soi

in a few **hours**
dans quelques heures

a **house**
une maison

to be **hungry**
avoir faim

to **hurry up**
se dépêcher

I

idiot
idiot(e), imbécile

to **improve**
faire des progrès

increasing
grandissant, e

to **introduce** oneself
se présenter

J

in **jail**
en prison

jealous
jaloux, se

K

to **kill**
tuer

a **kind of**
une espèce de

to **know**
savoir

L

later
plus tard

to **lie**
mentir

the **life**
la vie

to **like**
aimer

to **listen to**
écouter

to **live**
habiter

to **look at**
regarder

to **look like**
ressembler à

to **look out** the window
regarder par la fenêtre

to be in **love**

être amoureux, euse

a **lover**

un amoureux,
une amoureuse

M

mad

fou, folle

to **meet**

(se) rencontrer

the **meeting**

la rencontre

midnight

minuit

five **minutes** ago

il y a cinq minutes

a **mobster**

un bandit, un ganster

money

l'argent

last **month**

le mois dernier

the **moon**

la lune

a **movie**

un film

a **mum**

une maman

N

the **neighbourhood**

le voisinage

a social **network**

un réseau social

a **newspaper**

un journal

at **night**

la nuit

now

maintenant

O

of **course**
bien sûr

an **orphanage**
un orphelinat

to **owe**
devoir (de l'argent)

on my **own**
tout seul, toute seule

P

a **park**
un parc, un jardin

nice **people**
des gens bien

please
s'il te/vous plaît

poor
pauvre

a **pound**
une livre

to **promise**
promettre

Q

quickly
rapidement

R

to **read**
lire

really
vraiment

to **remember**
se rappeler

a **reporter**
un(e) journaliste

to be **rich**
être riche

to **run**
courir

S

sad
triste

to be **scared (for)**
avoir peur (pour)

at **school**
à l'école, au collège, au lycée

Scotland Yard
la police à Londres

secretly
en secret, en cachette

to **send**
envoyer

a **serial killer**
un tueur en série

to **shut up**
se taire

to **sit down**
s'asseoir

slowly
lentement

smart
intelligent, e

sometimes
quelquefois

a **son**
un fils

to **speak**
parler

a **square**
une place

at **stake**
en jeu

a **star**
une étoile

to **steal**
voler

stole
= prétérit de *to steal*

a **stranger**
un inconnu, une inconnue

the **summer**
l'été

the **sun**
le soleil

sure
sûr, e

to **swear**
jurer

T

the **Thames**
la Tamise

a **thief**
un voleur, une voleuse

to **think**
penser

thousand
mille

to need **time**
avoir besoin de temps

today
aujourd'hui

to be in **trouble**
avoir des ennuis

to make **trouble**
causer des ennuis

U

an **uncle**
un oncle

to **understand**
comprendre

V

very
très

to be **visiting**
visiter (un lieu)

W

a **wave**
une vague

well
eh bien

what
quoi

when
quand

where
où

who
qui

why
pourquoi

the **winter**
l'hiver

to **work for**
travailler pour

the **world**
le monde

World War III
la Troisième Guerre mondiale

written
= participe passé de *to write* (écrire)

Expressions à retenir

a poor little rich kid un gamin pourri gâté

as much as I can de mon mieux

Don't worry. Ne t'inquiète pas.

Go back to bed. Retourne te coucher.

Go on! Vas-y !

He will be fine. Il s'en remettra.

I am doing well. Je vais bien.

I am one of your biggest fans.
Je suis l'un de vos plus fervents admirateurs.

I am really enjoying my holidays.
Je passe vraiment de très bonnes vacances.

I am still in London. Je suis toujours à Londres.

I am working very hard on my English.
J'étudie sérieusement l'anglais.

I don't care. Ça m'est égal./Je m'en fiche.

I must spend the rest of my life in jail?
Je dois passer le reste de ma vie en prison ?

It's a matter of life and death!
C'est une question de vie ou de mort !

My name is... Je m'appelle...

None of your business. Ça ne te regarde pas.

The situation is not looking good. Ça ne se présente pas bien.

this very night cette nuit même

What a bully! Quelle brute !

What's going on? Que se passe-t-il ?

Why not? Pourquoi pas ?

You can stay with us. Tu peux rester chez nous.

you'd like = you would like

You see? Vous voyez ?/Vous comprenez ?

La collection MYSTERIES

Pour les lecteurs de CM/6e

Enquête à Londres, Paul Thiès

Scary enquête à Londres, Paul Thiès

Pour les lecteurs de 5e/4e

Traque en Cornouailles, Paul Thiès

Les clandestins du Morning Star, Paul Thiès

PAPIER À BASE DE FIBRES CERTIFIÉES

HARRAP s'engage pour l'environnement en réduisant l'empreinte carbone de ses livres. Celle de cet exemplaire est de :
400 g éq. CO_2
Rendez-vous sur www.larousse-durable.fr

Imprimé en Roumanie par G. Canale & C. S.A.
Dépôt légal : mars 2019
323280-02/11044025-mars 2020